Über den Autor:

Sandro Hübner, geboren am 07. August 1991 in Görlitz. Besuchte erfolgreich die Schule und widmete sich mit 10 Jahren Kurzgeschichten, Gedichten und Vorträgen die sehr umfangreich verfasst waren. Als er 17 Jahre alt war und sich als Schriftsteller die Zeit, für seinen Ersten Roman: SAD SONG - Trauriges Lied - nahm, machte ihm das Schreiben sehr großen Spaß. Sandro Hübner lebt mit seinem Partner in Berlin und arbeitet bereits an seinem nächsten Roman.

Vom Autor bereits erschienen: www.sandrohuebner.de

Für dich Mama, Papa und Ur-Oma

Alle Geschichten, wenn man sie
bis zum Ende erzählt,
hören mit dem Tode auf.
Wer Ihnen das vorenthält,
ist kein guter Erzähler.

E. Hemingway

SANDRO HÜBNER

TITANIC

Ein Augenzeugenbericht von
Helena F. Lang

Roman

Bibliografische Information der Deutschen Nationalbibliothek:
Die Deutsche Nationalbibliothek verzeichnet diese Publikation in
der Deutschen Nationalbibliografie; detaillierte bibliografische
Daten sind im Internet über http://dnb.dnb.de abrufbar.

TWENTYSIX – Der Self-Publishing-Verlag
Eine Kooperation zwischen der Verlagsgruppe Random House
und BoD – Books on Demand.

© 2018 Sandro Hübner

Herstellung und Verlag:
BoD - Books on Demand, Norderstedt

ISBN: 978-3-7407-5058-9

INHALT

TITANIC

Kapitel 1
Ihr Zuspätkommen rettete ihnen das Leben

Southampton, 10. April 1912.

Die Titanic läuft mit 2208 Passagieren und Besatzungsmitgliedern zu ihrer Jungfernfahrt nach New York aus . . .

Nachdem ich die Nacht bereits in Southampton verbracht hatte, saß ich am Morgen im Frühstücksraum des Hotels genau vor dem Fenster, von dem aus man die vier hohen Schornsteine der Titanic sehen konnte. Sie überragten die Dächer der Hafengebäude bei weitem – es war ein großartiger Anblick.

Um 10:00 Uhr ging ich selber an Bord. Zwei Freunde aus Exeter, die mich zum Schiff begleiten wollten, durften mit mir aufs Schiff, denn es blieb noch Zeit bis zur Abfahrt. Wir schlenderten auf den Decks herum, blickten in all die Säle, Salons und Bibliotheken und waren uns einig, dass man sich auf dem großen Schiff hoffnungslos hätte verirren können.

Wir gelangten auch in die Turnhalle – wo wir Zeuge einer seltsamen Szene wurden. Ein Fahrradtrainer in weißem Anzug war damit beschäftigt, Passagiere, die dies wünschten, auf ein elektrisch betriebenes „Kamel" oder „Pferd" zu setzen. Hierauf schaltete er einen kleinen Motor ein, der die Maschinen zu sehr wirklichkeitsnahen Kamel- und Pferdebewegungen antrieb. Eine wachsende Gruppe von Zuschauern sah den ungeübten Reitern zu, wie sie hilflos auf- und niedergeschwungen wurden.

Es ist erzählt worden, dass in der Nacht des Unglücks, kurz bevor die Titanic sank, der Instrukteur in der Turnhalle noch immer im Dienst war, mit Passagieren auf den Fahrrädern und den Rudermaschinen, helfend, aufmunternd bis zuletzt. Auch sein Name sollte verewigt werden in der Ehrenliste derer, die ihre Pflicht auf dem Schiff treu erfüllten.

Gleich nach Mittag verkündete die Dampfpfeife meinen Freunden, dass sie von Bord gehen mussten. Die Gangway wurde eingezogen, und die Titanic bewegte sich ganz langsam aus dem Hafenbecken, begleitet von den letzten Abschiedsgrüßen und Rufen jener, die auf dem Kai zurückblieben.

Wenn das größte Schiff der Welt zu seiner Jungfernfahrt verabschiedet wird, hätte man von den anderen Schiffen im Hafenbecken zumindest ein Hurra oder sonst ein Getue erwarten dürfen. Das war nicht der Fall. Das Auslaufen der Titanic verlief recht ruhig und gewöhnlich – unterbrochen nur von zwei Zwischenfällen, die allerdings erwähnt werden müssen.

Der erste ereignete sich, genau bevor die letzte Verbindung zum Kai unterbrochen wurde. Eine Gruppe von Heizern rannte entlang des Kais auf die Gangway zu, ihre Kleider und Habseligkeiten um die Schultern geschlungen, in der Absicht, das Schiff doch noch zu erreichen. Aber ein Unteroffizier, der dort Wache stand, wies sie zurück, entschlossen, sie nicht an Bord zu lassen.

TITANIC

Sie erklärten sich, gestikulierten, offensichtlich um zu versuchen, ihre Verspätung zu rechtfertigen. Doch der Wachhabende ließ sich nicht umstimmen. Die Landungsbrücke wurde trotz ihres Protestes zurückgezogen – ein endgültiges Ende unter ihre Bemühungen setzend, an Bord zu gelangen.

Diese Heizer müssen heute dankbare Männer sein – dankbar dafür, dass irgendwelche Umstände, sei es die eigene Unpünktlichkeit oder ein unerwartetes Hindernis sie daran hinderten, rechtzeitig da zu sein. Sie werden – und das ohne Zweifel für den Rest ihres Lebens – diese Geschichte immer wieder erzählen: Wie ihr Zuspätkommen zur Titanic ihr Leben gerettet hat.

TITANIC

Kapitel 2 –
Eine böse Prophezeiung

Der zweite Zwischenfall, ist der, als die Titanic majestätisch aus dem Hafenbecken fuhr, passierte sie den Dampfer New York, der am Kai lag. Als der Schiffsbug der Titanic den Bug der New York erreichte, setzte sich der Dampfer – zur Verwunderung aller, die dies beobachteten – ohne Ankündigung in Bewegung.

Und dann kroch die New York auf uns zu, langsam und heimlich, wie von einer unsichtbaren Kraft gezogen, der sie nicht widerstehen konnte. Es erinnerte mich an die Kinderbadewanne meines kleinen Jungen, in der eine große Zelluloid-Schwimmente durch minime Anziehungskraft kleinere Enten und andere Badetiere bewegte, bis sie als Einheit schwammen.

Auf der New York wurden Befehle gerufen, Seeleute rannten hin und her, ließen Seile herab und warfen Fender (Stoßfangkissen) über die Seite, an der wir scheinbar zusammenstoßen würden. Zuerst sah es tatsächlich so aus, als ob dies geschehen würde. Doch von der hinteren Brücke der Titanic dirigierte ein Offizier Maßnahmen, die uns stoppten. Der Sog hörte auf – und das Heck der New York glitt nur wenige Meter entfernt an der Titanic vorbei.

Dies gab einen außergewöhnlichen Eindruck von der Hilflosigkeit des großen Schiffes und von der Schwierigkeit, es zu steuern. Doch so unangenehm dieser Zwischenfall auch war, zeigte er doch

TITANIC

allen Passagieren, die über die Reling lehnten, dass es Mittel und Wege gab, um Zusammenstöße zu vermeiden, indem Offiziere und Mannschaften der Schiffe zusammenarbeiteten.

Niemand anders war mehr interessiert an dem, was geschah, als ein amerikanischer Kinemato-graph, der mit seiner Frau die Szene mit ungedul-digen Augen verfolgte, seine Handkurbel mit einer Inbrunst drehend, als bekäme er so die stärkste Einstellung auf seinen Film. Aber weder der Film noch jener, der ihn gedreht hatte, erreichte das andere Ufer - und so wurde die Aufzeichnung die-ses Zwischenfalls nie auf eine Leinwand gebracht.

Als wir den Fluss Richtung Meer weiter hinunter dampften, war die Begebenheit Mittelpunkt jeder Unterhaltung auf Deck. Es muss darüber gespro-chen werden – auch wenn es schwerfällt -, dass es unter den Passagieren und der Besatzung die fürchterlichsten Ahnungen gab über den Zwischen-fall. Vor allem Seeleute sind außergewöhnlich abergläubisch. Ich möchte in einem späteren Kapi-tel diese Form des Aberglaubens wieder aufgrei-fen, will aber ein zweites sogenanntes düsteres Vorzeichen ansprechen, das etwas später bei un-serem letzten Zwischenhalt in Queenstown ge-schah.

Als sich eins der Zubringerboote mit Post und Passagieren der Titanic näherte, blickten einige der Neuankömmlinge von unten auf das Schiff, das sich über ihnen erhob – und sahen weit oben den Kopf eines Heizers, schwarz von der Arbeit in seinem Heizraum, der von der Spitze eines mäch-

tigen Schornsteins – es war die Belüftungsklappe – herabsah.

Er war zum Spaß im Innern des Schornsteins hinaufgeklettert, doch für einige, die ihn erblickten, war damit ein Zeichen gesetzt, dass eine böse Prophezeiung eine unbekannte schreckliche Frucht tragen könnte. Eine amerikanische Passagierin – sie möge mir vergeben, wenn sie diese Zeilen liest – wandte sich an mich in tiefster Überzeugung und großer Ernsthaftigkeit. Sie brachte das Erscheinen des schwarzen Mannes mit der Befürchtung in Verbindung, dass die Titanic bald sinken werde.

TITANIC

Kapitel 3
Das letzte, was wir von Europa sahen

Wir fuhren ums Spithead, passierten die Küste der Isle of Wight, die im Gewande des heraufziehenden Frühlings wunderschön aussah, grüßten einen White-Star-Schlepper, der auf ein Schiff wartete, und bemerkten in der Ferne einige Kriegsschiffe, assistiert von schwarzen Zerstörern, die die Einfahrt von See her bewachten.

Im ruhigsten Wetter erreichten wir Cherbourg, gerade als es dunkel wurde, und verließen es um 20:30 Uhr, nachdem wir Passagiere und Post übernommen hatten. Donnerstagmittags erreichten wir Queenstown nach einer höchst angenehmen Fahrt durch den Kanal, obwohl der Wind morgens meist zu kalt war, um an Deck zu sitzen.

Als wir die Reederei von Queenstown erreichten, beschien die brillante Morgensonne die grünen Hügel der irischen Küste und hob hier und da vereinzelte Landsitze hervor, die über grauen, abweisenden Felsen thronten. Wir nahmen den Lotsen an Bord, fuhren langsam in den Hafen, die ganze Zeit lotend, und kamen an einen sicheren Ankerplatz. Die Schrauben des großen Schiffes lagen so tief, dass sie den Grund aufwühlten und das Wasser braun färbten.

Zwei kleine Zubringerschiffe brachten erneut Passagiere und Post an Bord. Die beiden Schiffchen wirkten auf Lawrence Beesley „wie Nussschalen neben der Titanic, die Deck über Deck über ihnen wuchs. Sie tanzten an ihrer Seite auf und ab wie hilflose Korken". Die Titanic dagegen hatte etwas Königliches und Würdevolles in ihrer ganzen Bewegungen. „Sicherlich - sie war ein zauberhaftes Schiff", schreibt der Berichterstatter."

Dann war die Zeit der Übernahme beendet. Die Zubringerboote warfen los – und um 13:30 Uhr, mit einem weiteren Aufwühlen des Grundes durch die Schrauben, drehte die Titanic langsam einen Viertelkreis, bis ihr Bug entlang der Küste zeigte, um dann schnell abzudampfen. Das kleine Haus am Ende der Stadt leuchtete noch viele Meilen lang weiß von den Hügeln.

In unserem Kielwasser kreischten und tummelten sich Hunderte von Möwen. Sie stritten sich und kämpften um die Essensreste, die aus den Abfallrutschen fielen. In Erwartung auf weitere Fütterung folgten sie uns. Ich beobachtete sie, an Deck stehend, eine ganze Zeit, und war erstaunt über die Leichtigkeit, mit der sie an uns hingen, fast ohne Flügelbewegung. Ich suchte mir eine bestimmte Möwe aus, behielt sie im Blickfeld und sah keine Bewegung, die ihren Flug unterstützt hätte. Es verschlug sie nur ein wenig zur Seite, wenn eine Böe sie traf, und sie hielt würdevoll Schritt dem Tempo der Titanic von 20 Knoten.

Die Möwen waren immer noch hinter uns, als die Nacht begann, und sie schrien und tauchten in unser Kielwasser, das wir hinter uns ließen. Am Morgen waren sie fort.

Den ganzen Nachmittag dampften wir weiter entlang der irischen Küste. Als erneut die Dunkelheit anbrach, verschwand die Küste nach achtern; und das letzte, was wir von Europa sahen, waren die irischen Berge, die in der beginnenden Finsternis schwach leuchteten. Mit diesem Gedanken, dass wir das letzte Land gesehen hatten, bevor wir unsere Füße auf amerikanischen Boden setzen würden, zog ich mich in die Bibliothek zurück, um einige Briefe zu schreiben. Ich tat es, ohne zu ahnen, was uns erwartete, bevor wir wieder Land sichten würden.

TITANIC

Kapitel 4
Eine goldene Spur

Es gibt wenig zu erzählen über die Tage nach dem Verlassen von Queenstown. Die See war ruhig - so ruhig, dass nur wenige Passagiere den Mahlzeiten fernblieben. Der Wind kam aus West bis Südwest, frisch – wie ihn die tägliche Wetterkarte beschrieb –, aber meist kalt, im Allgemeinen zu kalt, um an Deck zu sitzen, so dass viele von uns eine größere Zeitspanne lesend oder schreibend in der Bibliothek zubrachten. Ich schrieb eine große Anzahl von Briefen und brachte sie Tag für Tag zum Postkasten vor dem Eingang - wahrscheinlich sind sie noch dort.

Jeden Morgen ging die Sonne hinter uns auf in einem Himmel mit kreisförmigen Wolken, breitete sich in langen schmalen Streifen über den Horizont aus und hob sich Stück für Stück über das Meer, rot und orange und schattiert von orange bis weiß, je höher sie in den Himmel stieg. Es war eine wundervolle Ansicht für jemanden, der den Ozean noch nie überquert hatte, auf dem höchsten Deck zu stehen und auf die Wellen zu schauen, die vom Schiff fortstrebten in einem ununterbrochenen Strom, bis zur Unendlichkeit.

Abend für Abend dann sank die Sonne, ihre Bahn vollendend, zurück in die See, einen glitzernden Pfad weisend, eine goldene Spur auf die Oberfläche des Meeres zeichnend, der unser Schiff unentwegt folgte. Wie ein goldener Ball glitt sie über die Kante des Horizonts; das Gold verlöschte, so schnell, dass wir mit den Augen kaum folgen konnten. Dann war sie verschwunden.

Von 12:00 Uhr mittags am Donnerstag bis 12:00 Uhr mittags am Freitag liefen wir 286 Meilen, Freitag bis Samstag 519, Samstag bis Sonntag 546 Meilen. Die zurückgelegte Strecke am zweiten Tag war, wie uns der Zahlmeister verriet, eine Ent-täuschung. Statt am Mittwochmorgen, wie ange-nommen, würden wir erst am Donnerstagmorgen am Ziel sein. Wie auch immer – am Sonntag waren wir erfreut, zu hören, dass wir aufgeholt hatten und New York voraussichtlich schon in der Nacht zum Mittwoch erreichten.

Der Zahlmeister merkte an: „Ich glaube nicht, dass wir mehr als 546 machen werden – kein schlechtes Ergebnis für die erste Reise."

Das war beim Mittagessen, und ich erinnerte mich an die Gespräche, die sich um die Ge-schwindigkeit und die Bauart von Atlantikschiffen drehten. Alle unter uns, die schon vielfach überge-setzt hatten, waren einstimmig der Meinung, dass die Titanic das komfortabelste Schiff war, auf dem sie je gewesen wären, und dass sie unsere Ge-schwindigkeit der von noch schnelleren Schiffen vorzögen.

Bei meinen Spaziergängen auf Deck, nach hin-ten blickend, zum Achterdeckteil, beobachtete ich immer wieder, wie die Dritte-Klasse-Passagiere vergnügt ihre Zeit verbrachten: Ein lärmendes Seilspringen war die große Zugnummer, während ein Schotte hin und her und rundherum ging und auf seinem Dudelsack etwas spielte.

TITANIC

Abseits von allen stand oft ein Mann von vielleicht 20 oder 24 Jahren, gut angezogen, immer behandschuht und sehr gepflegt – und ganz bestimmt völlig fehl am Platze zwischen seinen Passagieren. Die ganze Zeit sah er nie fröhlich aus. Er wirkte auf mich wie einer, der zu Hause auf irgendeine Art ein Versager ist und sich nun eine Dritte-Klasse-Überfahrt nach Amerika ergattert hat. Er sah nicht so aus, als könnte er seine Probleme in Amerika drüben lösen.

Ein anderer interessanter Mann war der Reisende dritter Klasse, der seine Frau in der zweiten Klasse einquartiert hatte. Er kam jeweils die Stufen herauf zum B-Deck, um sich mit seiner Gattin aufs zärtlichste über der kleinen Pforte zu unterhalten, die sie trennte. Ich glaube, seine Frau gehörte zu den Geretteten auf der Carpathia. Doch ihn sah ich nicht mehr. Auch den jungen Mann traf ich nicht mehr. Den Schotten, der so lustig Dudelsack spielte, und die anderen auf dem Achterdeck – ich sah sie alle nicht mehr.

TITANIC

Kapitel 5
Ein Sonntagnachmittag auf See (5)

Die Morgenandacht am Sonntag – es war der 14. April – wurde vom Zahlmeister gehalten, und als wir nach dem Mittagessen an Deck gingen, bemerkten wir eine solche Temperaturänderung, dass nur wenige es sich zumuteten, sich dem kalten Wind auszusetzen – ein Wind, der hauptsächlich, wenn nicht vollständig, durch die rasche Fahrt des Schiffes und die eisige Atmosphäre verursacht wurde. Wie die ruhige See zu erkennen gab, wehte nicht wirklich ein Wind.

Zur Bibliothek zurückkehrend, hielt ich mich einen Moment damit auf, unsere Position auf der Karte zu betrachten. Dabei traf ich Reverend Carter, einen Geistlichen der Kirche von England. Wir nahmen unsere am Vortag geführte Unterhaltung wieder auf, mit einer Diskussion über die Vorzüge seiner Universität und der meinen – Oxford und Cambridge – als weltweit führende Erziehungsstätten. Wir sprachen über die Möglichkeiten der Universitäten zur Charakterbildung und gelangten schließlich zur Arbeit des Reverend. Er erzählte von seinen Problemen in der Gemeinde und von der Unmöglichkeit, seine Arbeit ohne die Hilfe seiner Frau zu bewältigen.

Als nächstes erwähnte er das Fehlen eines Gottesdienstes hier auf dem Schiff, und er fragte mich, ob ich den Zahlmeister so gut kennen würde, dass ich ihn fragen könnte, ob der Salon für einen Liederabend benützt werden dürfe. Der Zahlmeister gab sofort seine Zustimmung, und Reverend Carter begann am Nachmittag mit einer Befragung aller, die er kannte – es waren nicht wenige –, um 20:30 Uhr in den Salon zu kommen.

Die Bibliothek war schon nachmittags bevölkert, auch wegen der Kälte an Deck, aber durch die Fenster konnten wir den klaren Himmel sehen mit herrlichem Sonnenlicht. Das Wetter versprach eine sternklare Nacht und auch einen klaren morgigen Tag, mit ruhigem Wetter bis nach New York. Für uns alle war das der eine Grund mehr, den Sonntag in aller Zufriedenheit zu verbringen.

Ich kann zurückblicken und sehe jede Einzelheit jenes Nachmittags vor mir – der wundervoll ausgestattete Bibliotheksraum mit Sofas, Sesseln, schmalen Schreib- und Konsoltischen und Stehpulten an den Wänden; die Bibliothek selbst mit ihren durchsichtigen Regalen, das Ganze ausgeführt in Mahagoni mit hölzernen Säulen.

Durch die Fenster ist ein geschützter Korridor zu sehen, der in allgemeiner Übereinstimmung als Kinderspielplatz genutzt wird. Dort spielen die beiden Kinder der Familie Navtrial mit ihrem Vater, der ihnen zärtlich zugewandt ist und sie nie aus den Augen lässt.

Navtrial, ein Franzose, hatte sich in Nizza heimlich und unter falschem Namen mit seinen Kindern davongemacht und seine Frau verlassen. Er ertrank mit der Titanic – seine Kinder jedoch überlebten und wurden ihrer Mutter zurückgebracht. Alle Zeitungen schrieben darüber – die Tragödie der Navtrials war in aller Munde.

TITANIC

„Wer aber", fährt Beesley fort, „wollte an eine so dramatische Geschichte denken angesichts der glücklichen Gruppe, die sich an jenem Nachmittag auf der Titanic im Korridor vor der Bibliothek vergnügte? Wie viele weitere, ähnliche Geheimnisse und Tragödien nahm die Titanic mit in ihr Grab? Wir werden es nie erfahren."

TITANIC

Kapitel 6
Der letzte Liederabend

Im gleichen Korridor – vor der Bibliothek – halten sich ein Mann und eine Frau mit zwei Kindern auf. Eins davon wird meist vom Vater getragen, und alle sind sie jung und glücklich. Der Mann trägt immer einen grauen Knickerbockeranzug und hat einen Fotoapparat um die Schulter geschlungen. Ich habe niemanden dieser Familie wiedergesehen.

Unmittelbar neben mir befanden sich zwei amerikanische Frauen, beide in Weiß gekleidet; jung, möglicherweise Freundinnen, eine auf dem Rückweg von England nach Indien, die andere eine Lehrerin in Amerika, ein anmutiges Mädchen mit einer bemerkenswerten Ausstrahlung. An ihrer lebhaften Unterhaltung nahm ein Gentleman teil, genial, charmant und mit einer höflichen Art zu den beiden Frauen, die er offenbar erst auf dem Schiff kennengelernt hatte. Ich habe keinen von ihnen wiedergesehen.

In der gegenüberliegenden Ecke saßen der amerikanische Kinematograph und seine Frau, augenscheinlich Französin, sehr gewandt in Geduldspielen – während er, zurückgelehnt in seinen Sessel, das Spiel beobachtete und von Zeit zu Zeit Anregungen gab. Ich sah sie beide nicht wieder.

In der Mitte des Raumes hielten sich zwei katholische Priester auf, einer lesend – entweder Engländer oder Ire –, der andere dunkel, bärtig, mit einem breitkrempigen Hut, einem Freund in

TITANIC

Deutsch etwas in Ohr flüsternd und dauernd Text-
stellen aus der Bibel erklärend, die aufgeschlagen
vor ihm lag. In ihrer Nähe stand ein Feuerwehrin-
genieur, der sich auf dem Weg nach Mexiko be-
fand. Niemand von ihnen wurde gerettet. Es soll
an dieser Stelle gesagt sein, dass der Prozentsatz
der geretteten Männer der zweiten Klasse der
niedrigste von allen war – 8 Prozent.

Viele andere Gesichter tauchen in Gedanken
auf, unmöglich, sie alle hier zu beschreiben. Von
ihnen allen jedenfalls kann ich mich nur an zwei
oder drei erinnern, die ich später auf der Carpathia
– dem Rettungsschiff – wiedersah.

Nach dem Abendessen bat Reverend Carter alle, die es gewünscht hatten, in den Salon. Mit der
Unterstützung eines Mannes am Klavier – ein jun-
ger schottischer Ingenieur, der seinem Bruder
nach Amerika folgte – brachte der Pfarrer einige
hundert Passagiere dazu, Kirchenlieder zu singen.
Die Anwesenden wurden von ihm aufgefordert,
Lieder vorzuschlagen, und es war merkwürdig zu
sehen, wie viele Lieder ausgewählt wurden, die
sich mit den Gefahren der See befassten. Besonders die Hymne „Für alle in Lebensgefahr auf See"
wurde mit großer Andacht gesungen.

Der Gesang muss länger als bis 22:00 Uhr ge-
dauert haben, denn wir sahen den Steward bereit-
stehen, darauf wartend, Kekse und Kaffee servie-
ren zu dürfen, um seinen Dienst danach beenden
zu können. Mit einigen Dankesworten an den
Zahlmeister für dessen Erlaubnis, den Salon be-
nützen zu dürfen, brachte Reverend Carter den

Liederabend zu Ende. Er sprach zum Schluss über das Glück und die Sicherheit der bisherigen Reise, das große Vertrauen aller an Bord in dieses große Schiff und die glückliche Aussicht auf die bevorstehende Ankunft in New York.

Während er so zu uns sprach, lag nur noch wenige Meilen vor uns die von uns allen besungene „Lebensgefahr auf See" – jener unsensible Eisblock, der dieses große Schiff zum Sinken bringen würde. Welche Schande, dass eine nichtsnutzige Masse Eis die Kraft besaß, die wundervolle Titanic zu vernichten und das Leben so vieler guter Männer und Frauen gewaltsam zu beenden. Es ist unfassbar! Warum sind wir nicht in der Lage, solche Gefahren vorherzusehen und zu vermeiden?

Als der Anlass zu Ende war, unterhielt ich mich mit dem Pfarrer und seiner Frau bei einer Tasse Kaffee. Auch die Carters waren gute Leute - die Welt ist ärmer geworden durch ihren Verlust. Ich sagte ihnen dann Gute Nacht und zog mich etwa um viertel vor elf in meine Kabine zurück.

TITANIC

Kapitel 7
In der Stille der Nacht

Ich hatte das Glück, eine Zwei-Bett-Kabine für mich allein zu haben, nahe beim Salon und sehr günstig gelegen für alle Wege an Bord. Auf einem so großen Schiff wie der Titanic war es von Vorteil, auf dem D-Deck zu sein, nur drei Decks unterhalb vom obersten Deck. Um vom F-Deck ganz hinauf zu gelangen, musste man fünf Stockwerke erklimmen, was eine bedeutende Anstrengung für ungeübte Leute darstellte.

Kein anderer Eindruck gab die Größe des Schiffes besser wieder, als wenn man den Fahrstuhl bestieg und mit ihm vom obersten Deck langsam, bei jeder Etage haltend, wie in einem großen Hotel, abwärts fuhr. Es würde mich interessieren, was aus dem Liftjungen geworden ist. Er war sehr jung, nicht mehr als 16, vermute ich, ein hübscher Jüngling mit einer Vorliebe für die See und den Blick auf den Ozean. Doch bekam er nichts mit.

Eines Tages, als er mich vom Lift nach draußen begleitete und durch das Fenster ein paar junge Menschen auf Deck etwas spielen sah, sagte er in einem hoffnungsvollen Ton: „Oh, ich wünschte, ich könnte manchmal hinausgehen auf Deck!"

Ich wünschte es ihm auch und machte ihm das Angebot, für eine Weile auf seinen Lift achtzugeben, damit er sich das Spiel draußen anschauen könne. Doch er schüttelte freundlich lächelnd den Kopf und kehrte zurück in seinen Lift, einem Klingelbefehl von unten folgend.

TITANIC

Ich denke, dass er nach dem Zusammenstoß nicht mehr im Dienst war. Aber wäre er es gewesen, dann hätte er seine Fahrgäste die ganze Zeit über, während er sie zu den rettenden Booten beförderte, weiterhin angelächelt und den Lift nicht verlassen.

Nachdem ich in meiner Kabine angekommen war, mich entkleidet und das obere Bett bestiegen hatte, las ich noch eine Weile. Während dieser Zeit – zwischen viertel nach elf und dem Augenblick des Zusammenstoßes um viertel vor zwölf – bemerkte ich stärkere Vibrationen des Schiffes, die mich vermuten ließen, dass wir schneller fuhren als je zuvor."

Beesley erwähnt dies deshalb, weil nach dem Unglück der Vorwurf auftauchte, die Beschleunigung der Geschwindigkeit in jener Nacht habe es dem Schiff verunmöglicht, dem Eisberg auszuweichen. Das zunehmende Vibrieren bleibt dem Titanic-Passagier so stark in Erinnerung, dass er sich unmöglich getäuscht haben kann:

„Zwei Dinge bringen mich zu dieser Überzeugung: erstens, als ich ausgezogen auf meinem Sofa saß, mit nackten Füssen auf dem Boden, spürte ich deutlich die Vibrationen direkt aus den Maschinen unter mir; und zweitens, als ich mich in meiner Koje zum Lesen aufrichtete, vibrierten die Sprungfedern meiner Matratze schneller als sonst.

Und dann – als ich so las in der Stille der Nacht, nur unterbrochen von Geräuschen, die durch die Lüftungen drangen, Gesprächsfetzen, die aus den Gängen kamen – trat dasjenige ein, was auf mich

TITANIC

lediglich wirkte wie eine zusätzliche Anstrengung der Maschinen, eine Bewegung in der Matratze, auf der ich saß. Nicht mehr als das – kein krachendes Geräusch, kein Eindruck von Schock, kein Misston, wie er entstehen könnte, wenn zwei schwere Körper aufeinander treffen.

Kurz darauf wiederholte sich die Bewegung. Mein erster Gedanke war, dass die Geschwindigkeit noch mehr erhöht worden war – etwas anderes dachte ich nicht. In diesen gleichen Sekunden wurde die Titanic aufgerissen durch den Eisberg, und es stürzten Massen von Wasser in ihre Seite.

Wir aber merkten nichts.

Es wäre besser gewesen, es hätte einen Stoß gegeben oder wenigstens einen Widerstand in der Bewegung des Schiffes, der uns aus den Betten geworfen hätte. Dann wäre der Alarm früher ausgelöst worden, und die Rettung hätte früher mobilisiert werden können.

So aber nahm ich das Lesen wieder auf, begleitet noch immer von den entfernten Geräuschen aus den anliegenden Kabinen. Sonst hörte man nichts, keine Schreie, kein Rufen, keine Durchsage, niemand, der aufgeregt durch die Gänge eilte – nichts. Es erfüllt mich heute noch mit Erstaunen, wenn ich mich an jene ersten Minuten erinnere.

Kapitel 8
Ein Eisberg am Fenster

Nach einiger Zeit jedoch fühlte ich die Maschinen sich verlangsamen und dann stillstehen. Die tanzenden Bewegungen und die Schwingungen, die uns bisher begleitet hatten, verstummten plötzlich – und das war der erste Hinweis, dass etwas Außergewöhnliches geschehen sein musste.

Wir kennen alle die tickende Uhr im Raum, die erst wahrgenommen wird, wenn sie aufhört zu ticken, weil wir unbewusst das Ticken vermissen. So war es auch jetzt, als die Maschinen auf einmal anhielten. Aber den Grund, weshalb die Maschinen stoppten, wussten wir nicht.

Ich sprang aus dem Bett, schlug mir einen Umhang über den Pyjama, zog Schuhe an und begab mich aus meiner Kabine in die Halle nahe beim Salon. Hier traf ich einen Steward, der am Treppengeländer lehnte.

Er wartete offenbar darauf, dass die letzten Gäste des Rauchersalons zu Bett gehen würden, damit er die Lichter löschen konnte.

Ich sagte: „Warum haben wir angehalten?"

„Ich weiß es nicht, mein Herr", antwortete er, „aber ich vermute, es ist nichts Ernstes."

„Nun", sagte ich, „dann gehe ich mal an Deck und schaue nach."

Während ich zur Treppe schritt, lächelte er mir nachsichtig zu und meinte: „In Ordnung, mein Herr. Aber es ist ziemlich kalt dort oben."

TITANIC

Ich bin sicher, dass er mich für ein wenig ver-
rückt hielt, mitten in der Nacht, nur in Pyjama und
Umhang gekleidet, an Deck zu gehen. Und ich
muss gestehen, dass ich es selbst ein wenig ab-
surd fand. Ich erklomm die drei Stockwerke, öffne-
te die Außentür, um an Deck zu gelangen – und
trat in eine Kälte hinaus, die mich wie mit Messern
schnitt, so wie ich angezogen war.

Hinübergehend nach Steuerbord, blickte ich
über Bord und sah das Wasser viele Fuß unter mir,
ruhig und schwarz. Vor mir erstreckte sich das
verlassene Deck bis zur ersten Klasse und der
Kommandobrücke; nach hinten erstreckte es sich
bis zur hinteren Brücke. Nichts Ungewöhnliches
war zu hören oder zu sehen. Außer mir waren
zwei, drei andere Männer an Deck, und mit einem
von ihnen – dem schottischen Ingenieur, der den
Liederabend am Piano begleitet hatte – verglich
ich den Stand unserer Erkenntnisse. Er hatte sich
gerade ausziehen wollen, als die Maschinen anhielten, und war sofort heraufgekommen, so dass
auch er ziemlich wenig anhatte.

Als weiterhin nichts geschah, begaben wir uns
auf das untere Deck. Durch die Fenster des
Rauchsalons beobachteten wir den Fortgang eines
Kartenspiels mit einigen Zuschauern drum herum
und gingen hinein, um zu erkunden, ob sie mehr
wüssten als wir. Auch sie hatten kaum mehr mit-
bekommen – außer, dass einer von ihnen einen
Eisberg durchs Fenster gesehen hatte. Er machte
seine Mitspieler darauf aufmerksam. Doch dann
sahen sie den Eisberg verschwinden und setzten

ihr Kartenspiel fort. Als ob nie was geschehen oder passiert ist.

Die allgemeine Vermutung war, dass die Titanic das Hindernis berührt haben könnte. Der Kapitän, so wurde gemutmaßt, habe das Schiff darauf angehalten, um es sicherheitshalber zu überprüfen.

„Ich denke, der Eisberg hat der Titanic von ihrer neuen Farbe etwas abgekratzt", sagte einer der Anwesenden, „und der Kapitän möchte nicht weiterfahren, bis sie wieder frisch gestrichen ist."

Wir lachten über seine Einschätzung der Sorge des Kapitäns. Ein Spieler wies auf das Glas Whisky neben sich, wandte sich an einen der Zuschauer und schlug vor: „Geh doch mal an Deck und schau nach, ob vom Eisberg noch etwas da ist. Ich hätte gern ein paar Eiswürfel."

Stellen Sie sich das Gelächter vor, als wir uns dieses vorstellten, wirklich gut, ehrlich! Und es stimmte sogar: Das vordere Deck war infolge des Aufpralls tatsächlich bedeckt mit Splittern des Eisbergs. Es betrübt mich, daran zu denken, dass ich keinen der Mitreisenden aus dem Rauchsalon wiedersah: Fast ausnahmslos junge Männer, aufgeweckt, eifrig, ledig die meisten, voller Hoffnung in ihre Zukunftsaussichten in der Neuen Welt!

Als ich sah, dass keine weiteren Informationen erhältlich waren, verließ ich den Salon und kehrte zurück in meine Kabine. Ich nahm mein Buch hervor, las darin und gedachte, bald einzuschlafen.

TITANIC

Kapitel 9
Eine leichte Schräglage

Einige Augenblicke später, hörte ich Leute vor meiner Kabine auf dem Gang und entschied mich ebenfalls, wieder an Deck zu gehen, da ich ohnehin keinen Schlaf fand. Um nicht wieder zu frieren, zog ich diesmal mein Norfolk-Jackett und Hosen an.

Es hielten sich nun mehr Passagiere an Deck auf als vorher, alle hin- und her gehend, über die Reling blickend und einander fragend, warum wir gestoppt hatten. Eine befriedigende Antwort erhielten sie nicht, so wenig wie ich. Immerhin hatte das Schiff nun seinen alten Kurs wiederaufgenommen und bewegte sich, sehr langsam zwar, durch das Wasser. Ich denke, wir alle waren erfreut, dies zu bemerken.

Als ich von Steuerbord nach Backbord wechselte, um durch das Treppenhaus nach unten zu gehen, sah ich einen Offizier mit dem hinteren Rettungsboot – der Nummer 16 – beschäftigt. Er entfernte die Abdeckung, aber ich erinnere mich, dass ihm niemand besondere Aufmerksamkeit schenkte. Nach wie vor war unter den Passagieren nicht die geringste Spur von Panik oder Hysterie zu bemerken, da es offensichtlich keine Anzeichen für Gefahr gab.

Ich passierte die Tür nach innen – und erblickte zu meiner großen Überraschung eine leichte Schräglage von hinten nach vorn. Diese Neigung verursachte ein merkwürdiges Gefühl, als ich auf der Treppe hinabging. Nichts schien mehr im Lot zu sein. Da die Treppe ganz leicht abwärts geneigt schien, hatte man bei jedem Schritt das Gefühl, nach vorne zu fallen. Zu erkennen jedoch, mit dem Auge, war das Schrägstehen der Treppe nicht.

Auf dem D-Deck standen drei Frauen vor ihrer Kabine – ich glaube, sie wurden alle gerettet – und fragten mich: „Warum liegen wir fest?"

„Wir haben angehalten", erwiderte ich, „aber jetzt fahren wir weiter. Sie dürfen beruhigt sein."

„Oh nein", sagte eine der Damen, „ich kann die Maschinen nicht fühlen und auch nicht hören. Horchen Sie selbst!"

Wir horchten, und es war tatsächlich kein Geräusch auszumachen. Darauf erlaubte ich mir, die Damen in ihr Badezimmer zu führen, wo ich sie ihre Hände auf den Badewannenrand legen ließ. Sie waren erstaunt, das von unten her kommende Schlagen der Maschinen auf diese Weise zu spüren und zu wissen, dass wir vorankamen.

Im Weitergehen, auf dem erneuten Rückweg zu meiner Kabine, kam ich an einigen Stewards vorbei, die unbeteiligt an der Salonwand lehnten und sich unterhielten. Ich übertreibe nicht, wenn ich sage, dass sie keine Ahnung hatten von dem, was geschehen war. Ihre ganze Erscheinung brachte vollkommene Zuversicht zum Ausdruck.

In meinen Gang einbiegend, erblickte ich einen Mann am anderen Ende, der mir zurief, ob es etwas Neues gebe.

„Nicht viel", antwortete ich, „wir fahren langsam weiter, und das Schiff liegt vorn etwas tiefer für mein Gefühl. Aber ich denke, es ist nichts Ernstes passiert."

„Kommen Sie herein", meinte er darauf und winkte mir, „und schauen Sie sich meinen Mitreisenden an. Er will nicht aufstehen."

In der oberen Koje seiner Kabine lag ein Mann im Bett, mit hochgezogener Decke, sodass nur sein Hinterkopf zu sehen war.

„Warum steht er nicht auf?", fragte ich.

Da grunzte der Mann von oben herab, ohne sich zu uns umzuwenden: „Ihr bringt mich nicht dazu, ein warmes Bett zu verlassen, um aufs kalte Deck zu gehen. Ich bleibe hier."

Wir erklärten ihm lachend, er solle doch aufstehen und sich wenigstens anziehen. Aber er wollte nicht, und so kehrte ich zu meiner Kabine zurück, zog sicherheitshalber zusätzliche Unterwäsche an, setzte mich dann aufs Sofa und versuchte wieder, wie vorher schon einmal, zu lesen.

Da hörte ich durch die offene Tür eiliges Hin- und Herlaufen – und eine sehr laute Stimme, die rief: „Alle Passagiere mit angelegten Schwimmwesten sofort an Deck!"

TITANIC

Kapitel 10
Ein wunderbares Gefühl der Sicherheit

Ich steckte die beiden Bücher, die ich am Lesen war, in die Seitentasche meines Jacketts, ergriff die Schwimmweste, die in der Garderobe bereitlag, legte sie um und nahm auch den Morgenmantel mit. Als ich aus meiner Kabine trat, sah ich den Assistenten des Zahlmeisters, der mit bedeutungsvoller Miene dem Steward, der neben ihm stand, etwas zuflüsterte. Ich habe keinen Zweifel, dass er ihm berichtete, was im Bugbereich des Schiffes passiert war. Vielleicht gab er ihm auch die Anweisung weiter, die Passagiere zu wecken.

Während ich mich nun mit anderen Passagieren nach oben begab – niemand rannte oder schien beunruhigt, auch jetzt nicht –, traf ich auf zwei Damen, die mir entgegenkamen. Die eine fasste mich am Arm und sagte:

„Oh, ich finde meine Schwimmweste nicht. Würden Sie bitte in meine Kabine kommen und mir suchen helfen?"

Ich kehrte also mit ihnen zu den Kabinen zurück. Die Dame, die mich angesprochen hatte, hielt mich die ganze Zeit über in festem Griff – sehr zu meiner Freude –, und wir trafen einen Steward, der ihnen zeigte, wo die Schwimmwesten waren.

Auf dem oberen Deck waren schon viele Leute versammelt. Einige waren vollständig mit Mantel und Schal angekleidet und gut gerüstet für alle Dinge, die da kommen könnten. Andere hatten nur hastig ein Tuch umgeschlungen und daher nicht in

TITANIC

sehr guter Verfassung, der kalten Nacht zu widerstehen.

Immerhin gab es keinen Wind, der durch unsere Kleidung blies. Auch die Luftbewegung, verursacht durch die Schiffsgeschwindigkeit, hatte aufgehört, denn die Maschinen waren wieder gestoppt worden, und die Titanic lag friedlich auf der Wasseroberfläche.

Die See war so ruhig wie ein Binnengewässer, bis auf kleine Wellen, die ein Schiff von solchen Ausmaßen nicht zu bewegen vermochten. An Deck zu stehen, so hoch über dem Wasser, und den Blick in die nächtliche Ferne zu richten, vermittelte ein Gefühl wunderbarer Sicherheit – als würde man auf einem großen Felsen mitten im Ozean stehen.

Dennoch gab es jetzt erste Anzeichen für die sich anbahnende Katastrophe. Hoch oben bei den Schornsteinen strömte mit großem Lärm der Dampf aus den Überdruckventilen der Kessel: ein eindringlicher, dröhnender Ton, der Unterhaltungen schwierig machte und die ersten Passagiere in Furcht versetzte. Man stelle sich zwanzig Lokomotiven vor, die ihren Dampf in einer niedrigen Halle ablassen – so laut ungefähr war der ungemütliche Ton, der uns erwartete, als wir auf Deck hinaus traten.

Aber trotzdem war dies ein uns allen bekanntes Phänomen: Dampfmaschinen lassen Dampf ab, wenn sie zum Beispiel im Bahnhof stehen. Warum sollte nicht ein Schiff das gleiche tun dürfen, wenn es nicht fährt?

TITANIC

Ich übertreibe deshalb nicht, wenn ich sage, dass unter den Passagieren auf Deck nach wie vor keine Unruhe aufkam, kein Schreien, kein Jammern, kein Gedränge – obwohl wir noch immer nicht wussten, warum wir uns alle, mit Schwimmwesten bekleidet, mitten in der Nacht an Deck zu versammeln hatten.

Kapitel 11
Die Männer treten von den Booten zurück!

Die ganze Zeit über kamen weitere Passagiere die Treppen herauf und vergrößerten die Menschenmenge an Deck. Ich erinnere mich, dass ich daran dachte, in meine Kabine zurückzukehren, um einiges Geld an mich zu nehmen und warme Bekleidung zu holen, falls wir die Rettungsboote benutzen mussten. Aber als ich die heraufkommenden Leute bemerkte, entschied ich mich, das Gedränge auf den Treppen zu meiden und an Deck zu bleiben.

Inzwischen war es 00:20 Uhr. Wir alle, die anwesend waren, schauten der Besatzung zu, wie sie an den Rettungsbooten arbeitete.

Da erschien ein Offizier vom Erstklasse-Deck und rief durch den Lärm des immer noch austretenden Dampfes: „Alle Frauen und Kinder auf das Promenadendeck. Die Männer treten von den Booten zurück!"

Er war offensichtlich nicht in Dienst gewesen und deshalb gegen die Kälte nur leicht mit einem um den Hals gewickelten Halstuch geschützt. Auf sein Geheiß traten die Männer zurück, während sich die Frauen aufs untere Deck begaben, um von da aus in die Boote zu steigen.

Zwei der Frauen protestierten zunächst gegen das Getrenntwerden von ihren Ehemännern, aber teils durch Überredung, teils mit leichter Gewalt, waren sie schließlich bereit, voneinander zu scheiden.

TITANIC

Ich denke, dass uns zu dieser Zeit, als die Rettungsboote bereitgemacht wurden und es zur Trennung von Männern und Frauen kam, allmählich die Gefahr, die uns drohte, klar wurde. Das Verhalten der Menge auf unserem Deck jedoch blieb dasselbe. Alle waren bereit, Anweisungen zu empfangen und zu tun, was die Besatzung verlangte. Damit meine ich nicht, dass die Leute besonders vernünftig waren; doch sie alle hatten diesen angeborenen Respekt für Recht und Ordnung.

Wenn es aber noch welche gab, die die Gefahr nicht erkannten, so wurde nun jeder Zweifel in einer dramatischen Art und Weise ausgeräumt. Plötzlich erschien ein Licht vom vorderen Deck, ein ansteigendes Gebrüll, das uns herumfahren ließ. Eine Rakete stieg aufwärts, dorthin, wo die Sterne zu uns herabblickten.

Hoch flog sie, immer höher, begleitet von vielen aufschauenden Gesichtern; dann, eine Explosion, die die Stille der Nacht zu zerreißen schien, und eine Wolke von kleinen Sternen, die langsam niedersanken und nacheinander verlöschten.

Mit einem Aufseufzen entflog dies eine Wort den Lippen der Menge: „Raketen!"

Eine zweite folgte und eine dritte. Die dramatische Intensität der Szene war augenscheinlich. Stellen Sie sich die Dunkelheit vor – und nun das plötzliche Licht über uns. Die mächtigen Dimensionen des Schiffes, die Decks, die Menge der Menschen, aufragende Masten, die hohen Schornsteine – all dies für Sekunden erhellt und sichtbar, entblößt durch das Licht der Raketen.

TITANIC

Jedermann wusste oder ahnte zumindest, was Raketen auf See bedeuten: „Die Titanic rief um dringende, rasche und erlösende Hilfe."

TITANIC

Kapitel 12
Sind noch Frauen an Deck?

Die Besatzungen befanden sich nun in den Booten, die Seeleute standen an den Falltauen, und die Boote wurden aufs B-Deck hinuntergelassen, wo Frauen und Kinder über die Reling stiegen und in den Booten Platz nahmen. Waren sie voll besetzt, wurden sie ins Wasser hinunter gelassen, beginnend mit Boot Nummer 9 und weiter bis Nummer 15. All das konnten wir mit verfolgen, wenn wir von Steuerbord aus über die Kante des Bootsdecks hinuntersahen.

Während dies noch geschah, machte unter den Männern, die wie ich an Steuerbord standen, die Nachricht die Runde, dass auf der Backbordseite auch Männer in die Boote gelassen würden. Die Entstehung dieser Meldung konnte damit zusammenhängen, dass die Boote der Backbordseite noch nicht zu Wasser gelassen worden waren. Vielleicht wurde auch vermutet, dass auf der einen Seite die Frauen, auf der anderen die Männer einsteigen durften.

Egal, wie das Gerücht entstand – jedenfalls drängten nun die meisten Männer auf der Steuerbordseite hinüber nach Backbord. Nur zwei oder drei männliche Passagiere – unter ihnen auch ich – blieben zurück. Warum ich blieb, weiß ich nicht. Ich kann mich an keine Eingebung in meinem Bewusstsein erinnern, die mich veranlasst hätte, dazubleiben oder hinüberzugehen. Vielleicht anerkannte ich einfach die Notwendigkeit, in Ruhe ab-

TITANIC

zuwarten und nur den offiziellen Weisungen Folge zu leisten.

Bald, nachdem die Männer die Steuerbordseite verlassen hatten, sah ich ein Mitglied der Musikkapelle, den Cellisten, um die Ecke aus dem Treppenhaus kommen und über das nun leere Steuerborddeck laufen, sein Cello nachlässig hinter sich herziehend, nicht darauf achtend, dass der Sporn des Cellos über den Boden kratzte. Das muss so gegen 00:40 Uhr – eine Stunde nach der Kollision mit dem Eisberg – gewesen sein. Die Musik begann kurz danach aufzuspielen und spielte bis gegen 02:00 Uhr. Viele gute Taten wurden in dieser Nacht vollbracht, doch wohl keine wie diese: jenes letzte Konzert dieser Musiker, während das Schiff in die See versank.

Nach vorn und nach unten blickend, konnten wir nun schon recht viele Boote auf dem Wasser erkennen. Sie bewegten sich zunächst langsam der Bordwand entlang, ohne Hektik und ohne Lärm – um danach in der Dunkelheit zu verschwinden, sobald die Besatzung sich in die Riemen legte.

Jetzt ertönte von unten der Ruf: „Sind da noch Frauen?"

Als ich über die Deckskante sah, bemerkte ich Boot Nummer 13, auf der Höhe des B-Decks, zur Hälfte gefüllt mit Frauen, einigen männlichen Passagieren und der Besatzung. Das Boot schien noch nicht ganz voll, war aber soweit, dass es zu Wasser gelassen werden sollte.

Noch zweimal wurde der Ruf nach Frauen wiederholt – aber augenscheinlich wurden keine ge-

funden. Da blickte einer von der Crew zu mir herauf.

„Sind noch Frauen an Deck?"

„Nein", antwortete ich.

„Dann sollten Sie jetzt besser springen", forder-
te mich der Matrose auf.

Ich stieg auf die Deckskante, mit den Füssen
nach außen, warf meinen Übermantel ins Boot   -
und sprang nach.

Als ich mich aufrappelte und einen Platz gefunden hatte, hörte ich jemanden rufen: „Moment, da
sind doch noch zwei Frauen!"

Diese wurden hastig über den Decksrand ge-
stoßen und taumelten in das Boot. „Fier weg!" rief
die Besatzung, doch bevor der Befehl ausgeführt
werden konnte, tauchten plötzlich ein Mann mit
seiner Frau und einem Baby auf. Die Mutter kam in
die Mitte des Bootes, das Kind wurde ihr zuge-
reicht, und der Vater plumpste im letzten Moment
hinein, als das Boot bereits seinen Weg hinunter
zum Wasser nahm.

TITANIC

Kapitel 13
Wie lebendig sahen die Sterne aus

Als das Rettungsboot, in dem sich Lawrence Beesley befindet, mit Glück das Wasser erreicht, legen sich die Ruderer in die Riemen und versuchen das Boot von der Titanic wegzubringen.

Die Besatzung, soweit ich dies erkennen konnte, bestand vor allem aus Stewards und Köchen: ihre weißen Jacken leuchteten in der Dunkelheit, während sie ruderten. Ich glaube nicht, dass sie irgendwelche Erfahrung im Rudern hatten, denn die Ruder kreuzten sich die ganze Zeit und schlugen gegeneinander. Diskussionen begannen, was wir tun und wohin wir rudern sollten, und niemand schien eine Ahnung zu haben. Zuletzt fragten wir: „Wer hat die Aufsicht in diesem Boot?"

Da sich niemand meldete, kamen wir überein, dass der Heizer am Heck, der die Ruderpinne führte, als Kapitän fungieren sollte. Von diesem Moment an bestimmte er den Kurs, rief andere Boote an und hielt Verbindung zu ihnen.

Während wir uns von der Titanic nun entfernten, sahen wir alle zurück und erlaubten uns einen Blick auf das mächtige Schiff. Es ragte trotz der Entfernung immer noch hoch über unserem Boot auf, und dies war ein absolut außergewöhnlicher Anblick. Ich stelle fest, wie unvollkommen die Sprache ist, um zu beschreiben, was wir sahen.

Aber die Aufgabe muss angepackt werden. Zuerst einmal waren die Wetterbedingungen außergewöhnlich. Die Nacht war eine der schönsten, die ich je erlebt hatte: der Himmel ohne eine einzige Wolke, die Sterne in vollkommener Klarheit und dicht zusammengedrängt. Jeder einzelne Stern schien in dieser reinen Atmosphäre frei zu sein von jeder Art von Schleier, so dass er zehnfach brillanter leuchtete, glitzerte und blinkte. Wie lebendig sahen die Sterne aus -als könnten sie sprechen.

Das vollständige Fehlen von Dunst verursachte ein Phänomen, das ich noch nie gesehen hatte. Dort, wo der Himmel die See berührte, war der Horizont so scharf ausgeprägt wie eine Messerklinge, so dass Wasser und Luft nicht allmählich verschmolzen. Jedes Element schien exklusiv getrennt vom andern, so dass auch ein tiefstehender Stern nichts von seiner Leuchtkraft einbüßte. Wenn sich die Erde weiterdrehte und die Wasserlinie emporwuchs, schnitt sie den Stern entzwei. Die obere Hälfte leuchtete immer noch weiter und schleuderte einen langen Lichtstrahl über die See – bis zu uns.

Der Kapitän eines der Schiffe, die sich in unserer Nähe befanden, sagte vor der Untersuchungskommission aus, die Sterne in jener Nacht hätten so außergewöhnlich stark geleuchtet, dass er sich täuschen ließ und annahm, es wären Lichter von Schiffen gewesen. Wir alle, die diese Sterne sahen, können ihm darin nur zustimmen.

Als nächstes die kalte Luft! Es gab nicht eine Spur von Wind um uns, als wir im Boot waren; und gerade dieses Fehlen jeglicher Luftbewegung erzeugte in uns das Gefühl der Kälte. Es war eine beißende, eisige, bewegungslose Kälte, die aus dem Nichts kam und die ganze Zeit über andauerte.

Schließlich das Wasser, das uns umgab. Auch hier etwas Unbekanntes: die Oberfläche des Meeres war wie ein Ölfilm, freundlich auf- und abschwingend mit einer langsamen Bewegung, die unser Boot hin- und her schaukelte. So still war das Meer, so ölig das Wasser, dass wir es nicht einmal an unsere Bordwände klatschen hörten. Als einer der Heizer erwähnte, dass er in 26 Jahren auf See nie eine so ruhige Nacht erlebt hätte, glaubten wir ihm sofort.

Unter diesen Bedingungen befanden wir uns Seite an Seite mit der Titanic auf eine immer noch kurze Distanz. Sie lag vollkommen ruhig. Es sah tatsächlich so aus, als ob der Stoß des Eisbergs ihr die ganze Kraft geraubt hätte – als müsste sie sich jetzt ausruhen und als könnte sie nichts mehr tun zu ihrer Rettung. Kein Wind fegte um ihre Aufbauten, und die ruhige See bewegte sie auch nicht. Dies war es, was uns am meisten betroffen machte: dieser Geist der Ruhe über der Titanic – und ihr langsames, teilnahmsloses Sinken ins Meer wie ein tödlich getroffenes Tier.

TITANIC

Kapitel 14
Im Rettungsboot

Allein die Masse des Schiffes war, von unserem Boot aus betrachtet, ein einschüchternder Anblick. Man stelle sich die Titanic vor – eine sechstel Meile lang (fast 300m), 75 Fuß hoch bis zum Oberdeck (über 20m), mit vier großen Schornsteinen über den Aufbauten, mit ihren Hunderten von Bullaugen, ihren Salons und anderen Räumen, in strahlendem Licht. Um sie herum all die Boote mit Passagieren, die noch wenige Stunden vorher auf den Schiffdecks herumspaziert waren, in den Bibliotheken gelesen und der Musik der Kapelle zugehört hatten. Jetzt sahen wir alle in höchster Verwunderung hinauf zu dieser enormen Masse über uns und ruderten fort von ihr.

Ich hatte mir oft gewünscht, die Titanic aus einiger Entfernung zu betrachten. Erst wenige Stunden vorher, während einer Unterhaltung mit einem Passagier, hatte ich das Gelöbnis abgelegt, einen ausführlichen Blick auf ihre Linien und ihre Größe zu werfen, wenn wir in New York gelandet sein würden. Ich hatte nicht ahnen können, dass die Gelegenheit dazu sich so schnell und unter solch dramatischen Umständen ergeben würde.

Noch eine Sache war anders als in der Wunschvorstellung – wobei uns diese Tatsache förmlich zerriss, als wir sie bemerkten. Die Schönheit der Nacht, das von den Sternen umgebene Schiff, die Schönheit seiner Komturen, die Schönheit der Lichter – dies alles, für sich allein betrachtet, war wunderbar. Umso schlimmer erschien uns der schreckliche Winkel, der durch die Wasseroberfläche und die Linie der Bullaugenlichter gebildet wurde. Eigentlich hätten die Wasserlinie und die Lichterlinie parallel zueinander stehen sollen. Doch nun trafen sie sich am Bug des Schiffes. Sonst gab es keinen sichtbaren Hinweis, dass es beschädigt war – mit Ausnahme dieser sichtbaren Verletzung eines einfachen geometrischen Gesetzes: dass zwei parallel verlaufende Linien niemals zusammenkommen.

Jetzt aber zeigte sich, dass die Titanic sank, weil die vordersten Bullaugenlichter bereits unter der Wasseroberfläche lagen – während die hintersten Lichter immer weiter nach oben ragten. Dieses beklemmende Bild hinter uns lassend, ruderten wir fort von der Titanic, hoffend und betend, dass sie nicht weiter sinken möge und das Tageslicht sie immer noch so antreffen würde, wie sie jetzt lag.

Die Heizer in unserem Boot hatten diese Illusion nicht. Einer von ihnen erzählte uns, wie er während seiner Wache vor seinem Feuerloch arbeitete. Ungefähr um 23:45 Uhr – nach meiner Rechnung – hatte er in seiner Nähe eine Suppenschüssel bereitgestellt, um danach die Suppe zu essen. Plötzlich sei die ganze Wand seines Abschnitts eingebrochen, und das Wasser strömte um seine Füße. Er rappelte sich auf und spurtete aus dem Raum. Die hereinbrechenden Wassermassen, schloss er seine Schilderung, hätten ihm deutlich genug gezeigt, was der Titanic blühte.

TITANIC

„Jetzt könnte ich die Suppe gebrauchen", fügte er bei. In der Tat, denn seine Zähne klapperten wegen der Kälte. Eine Frau in seiner Nähe, die mit mehreren Mänteln warm angezogen war, versuchte ihm, einen der Mäntel zu geben. Er aber lehnte energisch ab, solange noch andere Frauen nicht ausreichend bekleidet wären. So wurde der Mantel zu einem irischen Mädchen mit rotbraunen Haaren gereicht, das nicht weniger schlotterte als der Heizer.

Gespräche gab es wenige unter uns. Eines allerdings möchte ich wiedergeben. Neben mir saß eine Mutter mit einem Baby, das nach ungefähr einer Stunde unruhig wurde und zu schreien begann.

„Würden Sie sich mal hinunter beugen und nachsehen, ob seine Füßchen aus dem Tuch gucken?" bat mich die Mutter. „Vielleicht hat es kalt."

So gut ich konnte, tastete ich mit den Händen nach den Füßchen des Babys und wickelte sie in das Tuch. Das Baby beruhigte sich, und mir schien auf einmal, ich kenne die Stimme der Frau. „Sind Sie nicht?", fragte ich, und die Mutter antwortete: „Ja, und Sie müssen Helena Lang sein, nicht wahr?"

Wir hatten uns in Queenstown kennengelernt, wo sie an Bord kam, und festgestellt, dass sie aus dem gleichen Ort stammte wie ein Freund von mir. Sie schien ihn sogar zu kennen! Wir fanden beide, dass dies hier von allen Plätzen der Welt wohl der unvermutetes war, um sich über gemeinsame Freunde zu unterhalten. Denn wo befanden wir

uns? In einem Rettungsboot in der Mitte des Oze-
ans – 1200 Meilen von der Küste entfernt. Und
hinter uns war der größte Dampfer der Welt im
Begriff, für immer im Meer zu versinken.

TITANIC

Kapitel 15
Plötzlich erloschen die Lichter

Die ganze Zeit über beobachteten wir, wie die Titanic vorne tiefer und tiefer sank. Immer steiler wurde der Winkel zur Wasserfläche; immer mehr hoben sich die Lichter der Bullaugen im Heck des Schiffes – während die Lichter vorne im Bug unter Wasser verschwanden. Es bestand kein Zweifel, dass sich die Titanic nicht mehr lange halten konnte.

Inzwischen war es 02:00 Uhr morgens, einein-halb Stunden befanden wir uns schon auf dem Wasser – doch das schwer beladene Boot, die ungeübten Ruderer, der ungleichmäßige Kurs, mal dem einen Licht, mal dem anderen folgend, dem Leuchten eines Sterns, dem Licht eines anderen Bootes – dies alles trug dazu bei, dass die Entfernung zur Titanic noch immer nicht groß war.

Der Heizer, der das Kommando hatte, trieb die Ruderer an, fortzurudern, so schnell sie konnten. Der durch das Sinken des Schiffes entstehende Sog, so befürchteten wir, könnte das Boot zum Kentern bringen. Auch die Welle, die durch das Sinken ausgelöst würde, konnte uns Schaden zu-fügen. Also legten sich die Männer am Ruder mit aller Kraft in die Riemen.

Inzwischen erreichte das Wasser die Positions-lichter des Schiffes und die Kommandobrücke. Es sah so aus, als würde die Titanic innert der nächs-ten Minuten versinken. Die Ruderer hielten inne, und wir alle im Rettungsboot blickten über das

TITANIC

schwarze Wasser hinüber zum Schiff, dessen Lichter – soweit sie noch über Wasser standen – erstaunlicherweise immer noch leuchteten.

Und dann, während die meisten von uns voller Ehrfurcht starrten, richtete sich die Titanic langsam auf, drehte sich um ihren Schwerpunkt, bis sie eine fast senkrechte Lage einnahm – und verharrte bewegungslos. Die Lichter waren nun plötzlich erloschen. In diesem Augenblick gab es einen Lärm, den viele Überlebende fälschlicherweise als Explosion beschrieben. Aus meiner Sicht jedoch war es nichts anderes als das Abstürzen der Maschinen aus ihrer Verankerung in die Tiefe des Schiffes. Sie krachten durch die Wände nach unten zum Bug, alles in ihrem Weg zerschlagend, sich gegenseitig zerstörend, mit einem Röhren, Ächzen und Krachen, das vielleicht 20 Sekunden anhielt.

Es war ein Lärm wie ein Gewitterdonner, und niemand, der ihn hörte, wird sich wünschen, ihn je wieder zu hören. Wie dieses Krachen über das Wasser zu uns kam, war überwältigend. Als es aufgehört hatte, stand die Titanic aufrecht wie ein Komma, nur ihr Heck war noch sichtbar. In dieser Position blieb sie für ein paar unglaublich lange Minuten. Dann glitt sie langsam nach unten und tauchte schräg abwärts. Die See schloss sich über ihr, und das wundervollste je von Menschenhand geschaffene Schiff war verschwunden.

An seiner Stelle erstreckte sich nun der Ozean mit seiner grenzenlosen dunklen Weite bis zum Horizont. In uns entstand ein starkes Gefühl von Einsamkeit, so allein gelassen auf See. Wir fühlten uns ausgeliefert dem weiten Meer – und der Welle, von der wir annahmen, dass sie nun kommen müsste. Jene Welle, von der die Mannschaft noch eben gesprochen hatte, jene Riesenwelle, die das gesunkene Schiff hervorrufen würde.

Sie kam nicht. Wir dümpelten weiter dahin, auf der unheimlich ruhigen See, und hatten nichts zu befürchten.

Doch obwohl die Titanic uns nicht mehr in Gefahr bringen konnte, hinterließ sie uns etwas, das ich gerne für immer vergessen würde: die Schreie. Die Schreie der vielen hundert Passagiere, die im eisigkalten Wasser um ihr Leben kämpften.

Ich wollte zunächst jede Erinnerung an diesen Aspekt des Unglücks in meinem Bericht weglassen. Aber aus zwei Gründen ist das nicht möglich: einerseits um der Wahrheit willen, und zweitens, weil diese Schreie nicht nur ein Ruf nach Hilfe waren, sondern ein Appell - ein Appell an die ganze Welt, nie wieder so etwas zuzulassen, ein Aufschrei zum Himmel.

Wir waren äußerst überrascht, diese Schreie zu hören, denn wir wussten nicht, wie viele Passagiere Aufnahme in die Boote gefunden hatten. Es hätte uns nicht erstaunt, zu erfahren, dass alle einen Platz fanden und gerettet wurden. Nun aber wurde uns klar, was diese Schreie, die übers Wasser zu uns herüber hallten, bedeuteten. Sie lösten eine unsinnige Reaktion bei uns aus. Wir versuchten zurück zu rudern, um die Ertrinkenden noch zu retten – obwohl es unmöglich war. Das Boot war vollbeladen bis zu den Stehplätzen; umzukehren

TITANIC

und Menschen aufzunehmen, hätte bedeutet, uns alle der Gefahr des Kenterns auszusetzen.

Endlich befahl der Heizer der Mannschaft, von den Schreien fortzurudern. Wir versuchten verzweifelt zu singen, um nicht an sie zu denken, aber in dieser Situation hatten wir keine Kraft in unseren Herzen.

Allmählich erstarben die Hilferufe, einer nach dem andern. Ich denke, die letzten waren noch etwa 40 Minuten nach dem Sinken des Schiffes zu hören. Die Kälte des Wassers brachte sie zum Verstummen, und über dem Grab der Titanic wurde es still.

TITANIC

Kapitel 16
Die Rettung

Das Rettungsboot Nr. 13, in dem sich auch Lawrence Beesley befindet, entfernt sich weiter von der Unglücksstelle der Titanic, die um 02:20 Uhr gesunken ist. Ziellos fahren die Schiffbrüchigen durch die dunkle Nacht. In der Nähe befinden sich drei weitere Boote, die Nummern 9, 11 und 15. Man verständigt sich durch gegenseitiges Zurufen, sieht sich aber im Dunkeln nicht. Über eine Lichtquelle verfügt keines der Boote.

Nach einer Stunde etwa erscheint ein schwacher, kurz aufleuchtender Lichtschein am Horizont. Die Besatzung ist überzeugt: Dies war eine Rakete. Ein Schiff, das durch die SOS-Rufe der Titanic zu Hilfe gerufen wurde, kündigt den Überlebenden seinen Standort an.

Mit angespannten Nerven, die Augen über den Horizont gleiten lassend, die Ohren geöffnet für den leisesten Laut, warteten wir in der absoluten Stille dieser ruhigen Nacht. Und dann kroch ein Licht über die See – an der gleichen Stelle wie vorher -, und diesmal war es ein Licht, das blieb. Sogleich teilte es sich in mehrere Lichter. Sie kamen rasch auf uns zu, und es waren zweifellos die Lichter eines Schiffes.

Das Schiff gelangte bald in unsere Nähe. Als es seine Fahrt stoppte und eindrehte, offenbarte es sich als großer Dampfer mit vollständig erleuchteten Bullaugen. Diese Lichter waren bestimmt einer der wundervollsten Anblicke im Leben eines jeden von uns. Sie bedeuteten, dass wir gerettet waren. Das schien uns zu schön, um wahr zu sein, und ich denke, so manche Augen füllten sich mit Tränen, männliche ebenso wie weibliche, als wir die Lichterreihen uns gegenüber sahen.

Unser Boot nahm Kurs auf den Dampfer. Der als Kapitän bestimmte Heizer schlug Lieder vor und begann mit „Rudert zur Küste, Matrosen". Die Besatzung nahm den Gesang zitternd auf, die Passagiere fielen mit ein, aber ich glaube, es war noch zu früh, die Dankbarkeit war zu tief, wir konnten nicht singen.

Und dann, um unsere Freude vollkommen zu machen, begann die Dämmerung. Zunächst nur ein wunderbarer leichter Schimmer im Osten, dann ein sanftes goldenes Glühen, welches sich, heimlich beinahe, über die See stahl und lautlos ausbreitete. Dann wandelte sich der Himmel schwach rosafarbig, und als nächstes erstarben die Sterne, langsam – bis auf einen, den Morgenstern. Nahe dabei, mit dem unteren Ende gerade noch die Kimm berührend, der schmale und bleiche Vollmond.

Mit der Dämmerung kam eine schwache Brise von Westen auf, und wir spürten den ersten Windzug seit vielen Stunden. Später dann entwickelte sich die Brise zu einem kräftigen Wind, der die See aufwühlte, so dass die letzten mit Menschen beladenen Boote eine angstvolle Partie in den hüpfenden Wellen vor sich hatten, bis sie das rettende Schiff erreichten.

TITANIC

Im schwachen Licht in Richtung des Dampfers blickend, meinten wir, zwei große, vollgetakelte Segelschiffe zu erkennen, alle Segel gesetzt. Doch dann erwiesen sich die Segelschiffe – als Eisberge. Mächtige Eisberge, aufgetürmt in einer Weise, dass sie tatsächlich ein Schiff vorgaukelten. Mit dem Erscheinen der Sonne wechselten die Eisberge ihre Farbe nach rosa. Sie sahen unheilvoll aus; doch ebenso fürchterlich wie das, was einer von ihnen angerichtet hatte, war ihre Schönheit. Später, als die Sonne höher über den Horizont stieg, funkelten und glitzerten sie in großer Pracht. Es waren unzählige, und alle waren sie unterschiedlich in Form, Aussehen und Farbe, je nachdem, wie die Sonnenstrahlen auf sie fielen.

Inzwischen hatten wir den Dampfer erreicht. Einige andere Boote lagen schon an seiner Seite, und Gerettete kletterten über Leitern hinauf. Nachdem wir einen Eisberg, der uns den Weg versperrte, umfahren hatten, konnten wir auch den Namen des Schiffes lesen: CARPATHIA – ein Name, den wir so leicht nicht vergessen werden. Jedes Mal, wenn er uns wieder begegnet, wird die Erinnerung an unsere Rettung schlagartig zurückkehren, und wir werden erneut dieselbe Dankbarkeit empfinden für das, was die CARPATHIA uns in jenen Morgenstunden bedeutet hat.

Wir erreichten das Schiff rudernd um 04:30 Uhr an seiner Backbordseite. Die Frauen gingen zuerst die Strickleitern hinauf, männliche Passagiere folgten, die Besatzungsmitglieder kamen zuletzt. Das Baby, das bei uns war, schwebte in einer offenen

Tasche aufwärts. Es ging ihm gut, trotz seiner kalten Reise durch die Nacht.

Die Passagiere der CARPATHIA säumten die Reling und sahen auf uns herab. Sie standen ruhig dabei, als die Besatzung uns an der Gangway unten an Bord nahm, und beobachteten uns. Einige meinten später, wir seien sehr ruhig gewesen, als wir an Bord kamen. Das ist wirklich wahr – aber sie waren es auch.

Es gab wenig Erregung auf beiden Seiten; nur das ruhige Erdulden von Menschen, die noch immer unter einem Eindruck stehen, der zu mächtig für ihre geistige Auffassung ist und den sie auch heute noch nicht begreifen. Die Passagiere fragten uns höflich, ob wir heißen Kaffee wünschten. Wir nahmen ihn dankend an.

Anhang

Im Anhang, möchte ich Ihnen gerne eine kleine Auswahl von Zahlen- und Datensätzen, über die R.M.S. Titanic darstellen und schildern, was in jener furchtbaren und kalten Aprilnacht zugetragen hat.

Alle Daten und Zahlen belaufen sich auf die Recherche, in der ich mich auf die Suche gemacht habe, um hier in einem kurzen Roman darzustellen. Der Augenzeugenbericht erzählt aus der Perspektive meiner Ur-Oma – die ich leider nicht erleben durfte –, aber durch meine Mama und Oma habe ich einiges erfahren und in Stichpunkten mir vermerkt.

TITANIC

Die Chronologie der Titanic-Katastrophe
von 1898 bis 1998

1898
Morgan Robertson veröffentlicht den Roman „Futi-lity" in dem eine Schiffskatastrophe geschildert wird, die der Titanic im Jahre 1912 in vielen Punkten gleicht.

1907
Bruce Ismay entwickelt zusammen mit William J. Pirrie den Plan zum Bau von anfangs zwei – später drei – riesigen Schiffen als Antwort der White Star Line auf die Größe, den Luxus und die Geschwindigkeit der Schiffe der rivalisierenden Linien HAPAG, Norddeutscher Lloyd und Cunard. Die Schiffe sollen Olympic, Titanic und Gigantic – später in Britannic umbenannt – heißen

30.07.1908
White Star Line genehmigt den Konstruktionsplan für die drei Schiffe, die Harland & Wolff unter der Federführung von Thomas Andrews – dem Neffen Pirries –, ausgearbeitet hat

16.12.1908
Kiellegung der Olympic in der Werft Harland & Wolff in Belfast. Baunummer 400

31.03.1909
Kiellegung der Titanic in der Werft Harland & Wolff in Belfast. Baunummer 401

TITANIC

20.10.1910
Stapellauf der Olympic

31.05.1911
Stapellauf der Titanic

02.06.1911
Jungfernfahrt der Olympic

20.09.1911
Kollision der Olympic unter der Leitung von Kapitän Edward J. Smith mit Marinekreuzer Hawke. Reparatur der Olympic verschiebt die Jungfernfahrt der Titanic

11.10.1911
White Star Line legt die Jungfernfahrt der Titanic auf den 10. April 1912

03.02.1912
Titanic kommt ins Trockendock

31.03.1911
Innenausbau der Titanic abgeschlossen

01.04.1912
Stürme verhindern Probefahrt der Titanic

02.04.1912
06:00 - Probefahrt der Titanic. Ein offenes Feuer im Heizungsbunker. Am Abend des gleichen Tages nimmt

sie unter Kapitän Bartleit, Kurs nach Southampton

03.04.1912
Ankunft in Southampton

05.04.1912
Titanic wird zur Begrüßung der Bevölkerung mit Flaggen und Wimpeln geschmückt

06.04.1912
Einstellungstag für den größten Teil der Besatzung. Das Schiff wird beladen

08.04.1912
Frische Lebensmittel werden geladen

10.04.1912

07:30 -	Kapitän Edward John Smith begibt sich an Bord
08:00 -	Musterung der Mannschaft
11:00 -	Passagiere der 3. und 2. Klasse sind an Bord
11:30 -	Passagiere der 1. Klasse gehen an Bord
12:00 -	Die Titanic legt ab. Fast Kollision mit der New York im Hafenbecken. Verspätete Weiterfahrt nach Cherbourg
18:30 -	Eintreffen im Hafen von Cherbourg
20:00 -	Etwa 274 Passagiere steigen zu
20:30 -	Titanic legt in Richtung Queenstown in Irland ab

TITANIC

11.04.1912
11:30 -   Titanic im Hafen von Queenstown. 113 Passagiere der 3. Klasse und sieben der 2. Klasse steigen zu. 1385 Postsäcke werden geladen
13:30 -   Die Anker werden gelichtet. An Bord jetzt 2208 Menschen

12.04.1912
Ruhige Fahrt der Titanic auf dem Atlantik

13.04.1912
Ruhige Fahrt der Titanic. Warnung vor Treibeis und Eisbergen gehen ein. Feuer im Heizungsbunker gelöscht. Am Abend bricht die Marconi-Funkanlage zusammen
22:30 -   Vorbeifahrende Rappahannock ist bei Durchquerung eines Eisfeldes beschädigt und signalisiert Warnung vor sehr starkem Packeis

14.04.1912
05:00 -   Funkanlage wieder instandgesetzt
09:00 -   Die Coronia, ist auf dem Weg von New York nach Liverpool, übermittelt eine eilige Eiswarnung an die Titanic
10:30 -   Kath. Gottesdienst im Speisesaal in der 1. Klasse
11:40 -   Holländisches Linienschiff Nordham meldet „viel Eis"
13:42 -   Die Baltic warnt die Titanic vor viel-

en Eisbergen. Kapitän Smith gibt die Nachricht an Bruce Ismay weiter. Der steckt sie in die Tasche

13:45 - Warnung vor „großem Eisberg" von deutschem Linienschiff Amerika. Die Meldung wird nicht an die Brücke weitergegeben

17:50 - Kapitän Smith ändert den Kurs leicht in Richtung Süden

18:00 - Zweiter Offizier Lightoller löst leitenden Officer Wilde auf der Brücke ab

19:15 - Erster Offizier Murdoch befiehlt Schließung der Decksluken, weil das Licht die Männer im Krähennest stört. Lampentrimmer Samuel Hemming meldet auf der Brücke, dass alle Positionslichter des Schiffs in Betrieb sind

19:30 - Lufttemperatur fast auf den Gefrierpunkt gesunken. Californian warnt in drei Funksprüchen vor großen Eisbergen. Kapitän Smith ist bei einem Abendessen unter Deck

20:40 - Offizier Lightoller befiehlt, nach den Wasservorräten zu schauen

20:55 - Kapitän Smith beendet sein Abendessen, geht auf die Brücke und spricht mit Lightoller über das Wetter und die Erkennbarkeit von Eisbergen in der Nacht

21:20 - Kapitän Smith zieht sich zurück

21:30 - Offizier Lightoller fordert die Männer

im Krähennest nach Eisbergen zu schauen. Funker Jack Philips bekommt Kontakt mit der Marconi-Station Cape Race in Neufundland und macht sich an die Arbeit, den Stapel der privaten Funksprüche zu senden

21:40 - Warnung vor viel Packeis von der Mesaba an die Titanic. Der Funkspruch wird übersehen

22:00 - Offizier Lightoller wird von Offizier Murdoch auf der Brücke abgelöst. Die Männer im Krähennest werden ebenfalls abgelöst. Lufttemperatur knapp unter dem Gefrierpunkt. Im Aufenthaltsraum der 3. Klasse werden die Lichter gelöscht

22:30 - Wassertemperatur unterhalb des Gefrierpunkts

22:55 - Die Californian, max. 20 Seemeilen nördlich der Titanic auf Fahrt, wird von Treibeis aufgehalten. Sie funkt Eiswarnungen an alle Schiffe

23:30 - Frederick Fleet und Reginald Lee beide Männer im Krähennest nehmen leichten Dunst vor der Titanic wahr

23:40 - Fahrt der Titanic mit 21,5 Knoten. Ausguck Fleet und Lee erkennen einen großen Eisberg 500 Meter voraus. Sie betätigen die Alarmglocke. Der sechste Offizier Moody auf der

Brücke bestätigt den Alarm, gibt die Meldung an Murdoch weiter, der wiederum befiehlt dem Steuermann „Hart Backbord", lässt erst die Maschinen stoppen und volle Kraft zurückfahren und dann die wasserdichten Schottwände unterhalb der Wasserlinie schließen. Der Eisberg schrammt Steuerbord an der Bugseite entlang. Der Schiffskörper gibt nach und es entsteht ein großes Leck

23:50 - Das Wasser steht im Vorderschiff 4,20 Meter über dem Kiel. Die ersten Abteilungen sind vollgelaufen. Der Kesselraum Nr. 6 – der 1,50 Meter über den Kiel liegt –, ist bereits 2,40 Meter hoch überflutet

15.04.1912

00:00 - Kapitän Smith eilt auf die Brücke, Wasser fließt in die Laderäume 1,2 und 3 und in den Kesselraum Nr. 6. Kapitän Smith besichtigt mit Thomas Andrews den Schaden. Andrews mutmaßt, dass sich das Schiff noch allerhöchstens 90 Minuten halten kann. Der Bug der Titanic beginnt langsam an zu sinken. Der Kapitän Smith befiehlt, den Notruf CQD abzusetzen

00:05 - Die Squashhalle – 9,60 Meter über

dem Kiel –, steht komplett unter Wasser. Der Befehl die Rettungsboote klarzumachen

00:15 - Die Bordkapelle im 1.-Klasse-Salon auf dem A-Deck spielt Ragtime

00:30 - Das Wasser ist in den Quartieren der Besatzung auf dem vorderen E-Deck – 15 Meter über den Kiel

00:25 - Der Befehl „Frauen und Kinder zuerst" in die Rettungsboote zu bringen ertönt. Die Carpathia – etwa 60 Meilen südöstlich –, empfängt den Notruf und fährt in Richtung der Unglücksstelle

00:45 - Die erste Leuchtrakete wird abgeschossen. Das Rettungsboot Nr. 7 (65 Plätze) mit 25 Personen (9 Frauen, 16 Männer, darunter 3 Besatzung) als erstes Rettungsboot abgefiert

00:55 - Rettungsboot Nr. 5 (65 Plätze) mit 40 Personen (darunter 17 Frauen, 8 Besatzung) und Rettungsboot Nr. 6 (65 Plätze) mit 24 Personen (darunter 18 Frauen, 4 Besatzung) wird abgefiert

01:00 - Rettungsboot Nr. 3 (65 Plätze) wird mit 40 Personen (darunter 12 Frauen, 15 Besatzung) wird abgefiert

01:10 - Rettungsboot Nr. 8 (65 Plätze) mit 28 Personen (darunter 24 Frauen, 4 Besatzung) wird abgefiert

TITANIC

01:15 - Rettungsboot Nr. 1 (40 Plätze) wird mit 12 Personen (darunter 2 Frauen, 7 Besatzung) wird abgefiert. Das Schiff hängt nach Steuerbord über. Das Wasser steht bis zum Namensschild am Bug

01:20 - Rettungsboot Nr. 9 (65 Plätze) mit 50 Personen (darunter 15 Frauen, 23 Besatzung) und Rettungsboot Nr. 10 (65 Plätze, 30 Personen, darunter 26 Frauen, 4 Besatzung), werden abgefiert

01:25 - Rettungsboot Nr. 11 (65 Plätze) mit 55 Personen (darunter 30 Frauen, 25 Besatzung) und Rettungsboot Nr. 12 (65 Plätze, 30 Personen, darunter 24 Frauen, 2 Besatzung) werden abgefiert

01:30 - Die große Panik bricht unter den Menschen an Bord der Titanic aus. Das Rettungsboot 13 (65 Plätze) wird mit 60 Personen (darunter 20 Frauen, 25 Besatzung) und Rettungsboot Nr. 14 (65 Plätze) 45 Personen (darunter 32 Frauen, 10 Besatzung) werden abgefiert

01:35 - In den Rettungsbooten sind jetzt auch Frauen und Kinder aus der 2. und 3. Klasse. Im Rettungsboot 15 (65 Plätze) mit 65 Personen (darunter 15 Frauen, 25 Besatzung) und Rettungsboot 16 (65 Plätze) 40 Per-

TITANIC

sonen (darunter 33 Frauen, 12 Besatzung) werden abgefiert

01:40 - Bruce Ismay verlässt das Schiff mit
Notboot C (47 Plätze, 40 Personen,
darunter 23 Frauen, 7 Besatzung).
Das vordere Welldeck steht unter
Wasser

01:45 - Rettungsboot Nr. 2 (40 Plätze) mit
18 Personen (darunter 11 Frauen, 4
Besatzung) wird abgefiert

01:55 - Rettungsboot Nr. 4 (65 Plätze) mit
38 Personen (darunter 29 Frauen, 4
Besatzung) wird abgefiert

02:00 - Das Wasser steht knapp drei Meter
unter dem Promenadendeck

02:05 - Das Notboot D, das letzte Rettungsboot (47 Plätze), wird 25 Personen
(darunter 11 Frauen, 5 Besatzung)
abgefiert. Das Vorderschiff versinkt
im Atlantik

02:10 - Kapitän Smith befiehlt den Funkern
Bride und Philips, ihre Arbeit zu beenden

02:17 - Der Bug des Schiffes taucht unter.
Die Bordkapelle bricht ihr Musikspiel
ab. Der vordere Schornstein stützt
um. Pater Thomas Byles nimmt 100
Passagieren die Beichte ab

02:18 - Alle beweglichen Teile des Schiffes
rutschen zum Bug. Alle Lichter fla-
ckern auf und gehen aus. Das Schiff
zerbricht in zwei Teile durch einen

lauten Knall. Das Vorderschiff versinkt sehr schnell

02:20 - Das Achterschiff versinkt – nachdem
es sich steil aufgestellt hatte. Insge-
samt 1496 Menschen kommen ums
Leben

04:00 - Die Carpathia trifft an der Unglücksstelle ein. Sie nimmt 712 der ur-
sprünglich 2208 Menschen an Bord
der Titanic

08:50 - Die Carpathia nimmt Kurs auf New
York. Ismay kabelt an das New Yor-
ker Büro der White Star Line: „Teile
Ihnen in tiefem Bedauern mit, dass
die Titanic heute Morgen nach Kollision mit einem Eisberg gesunken
ist. Schwere Verluste und alle Ein-
zelheiten später."

18.04.1912
21:00 - Die Carpathia kommt in New York
an.
Das Hydrographische Amt der USA
weist die Schifffahrtsgesellschaft an,
den Seeweg ihrer transatlantischen
Dampfer 180 Seemeilen südlich der
Route der verunglückten Titanic zu
legen

19.04.1912
Der US-amerikanische Untersuchungsausschuss
zum Unglück der Titanic unter der Leitung von Se-

nator William A. Smith, nimmt seine Arbeit im Wal-
dorf Astoria Hotel auf. Nach drei Tagen zieht der
Ausschuss nach Washington D.C. um

20.04.1912
12:00 -   Der vorgesehene Termin für die
                     Rückfahrt der Titanic von New York
                     nach Southampton.
                     An den von der Carpathia am White-
                     Star-Pier abgeladenen 13 Rettungs-
                     booten der Titanic, werden die Ree-
                     derei- und Namensschilder entfernt.
                     Etwa 167 Mitglieder der Titanic-
                     Besatzung verlassen New York in
                     Richtung Plymouth

02.05.1912
Untersuchungsausschuss des britischen Han-
delsministeriums nimmt seine Arbeit auf. Bruce
Ismay verlässt an Bord der Adriatic New York. Auf
dem Schiff auch Titanic-Modell, dass in New York
hätte ausgestellt werden sollen

03.05.1912
Erste Begräbnisse der geborgenen Toten in Halifax

28.05.1912
Der US-amerikanische Untersuchungsausschuss
legt seinen Abschlussbericht vor, mit folgenden
Punkten:
            -         viel zu wenig Rettungsboote für alle

TITANIC

      Passagiere und deren Besatzung
- keinerlei Rettungsboot- und Not-
übungen
- viel zu hohe Geschwindigkeit trotz
Eiswarnungen
- größere Schwächen in der Schott-
wandeinteilung

03.07.1912
Britischer Untersuchungsausschuss legt seinen
Abschlussbericht vor. Er spricht den Kapitän Smith
und andere Seeoffiziere ebenso von jeder Schuld
frei wie die Reederei und das Handelsblatt

1934
Die White Star Line fusioniert mit der Cunard Line.
Cunard übernimmt die Pflege der Gräber in Halifax

1953
Erste ernsthafte, aber erfolglose Suche eines britischen Unternehmens nach dem Wrack der Titanic
1980, 1981 und 1983
Der texanische Millionär Jack Grimm sucht vergeb-
lich das Wrack der Titanic

01.09.1985
Eine französisch-US-amerikanische Forschungs-
gruppe unter Leitung des Franzosen Jean-Louis
Michel und des US-Amerikaners Robert Ballard
ortet das Wrack der Titanic

1986

TITANIC

Robert Ballard taucht mit Unterstützung der US-Navy zum Wrack der Titanic mit der Auflage, nichts zu bergen

1987
Erste Bergungen am Wrack der Titanic bei einer gemeinsamen Expedition von IFREMER und Titanic Ventures. Ein Silbertablett ist das erste geborgene Stück

1991
Erste größte Titanic-Ausstellung mit Artefakten in Stockholm
Tauchfahrt einer kanadisch-sowjettischen Expedition zum Wrack der Titanic, um Filmaufnahmen zu machen

1991, 1993, 1995 und 1996
Expedition der R.M.S. Titanic Inc., die unter George Tulloch aus Titanic Ventures hervorgegangen ist, zum Wrack der Titanic. Im Jahr 1996 scheitert der erste Versuch, ein Teil von der Bordwand zu bergen

1994
Ausstellung „Das Wrack der Titanic" in London. Es kamen über 70.000 Besucher und Besucherinnen

1997
Titanic-Ausstellung in Memphis (USA) und in Hamburg. Die Ausstellung in der Hamburger Speicherstadt veranstaltete die TITANIC VOYAGER

TITANIC

EXHIBTION GmbH in Kooperation mit dem wissenschaftlichen Institut für Schifffahrts- und Marinegeschichte, Hamburg

1998
Titanic-Film von James Cameron im Verleih der 20th Century Fox

Statistik des Unglücks

Alle Zahlen basieren aus der Passagier- und Besatzungsliste der R.M.S. Titanic

Zählweise A: Die acht Musiker zählen zur Besatzung, obwohl sie mit einem Ticket der 2. Klasse reisten. Die Musiker arbeiteten auf dem Schiff und durften nicht, wie die Passagiere, in New York einfach an Land gehen, sondern sie mussten die komplette Rundreise mitmachen, wie die Besatzung auch.

Menschen an Bord:				2208
davon Passagiere				1309
davon Crew				899
Überlebende:				712
davon Passagiere				500
davon Crew				212
Klasse	Überleben-de	Anteil an überle-benden Passagie-ren	Anteil an allen Überle-benden	Anteil an allen Men-schen an Bord
1	201	40,2%	28,2%	14,7%
2	119	23,8%	16,7%	12,5%
3	180	36,0%	25,3%	32,1%
Crew	212	–	29,8%	40,7%

Zählweise B: Die acht Musiker zählen zu den Passagieren, da sie eine Fahrkarte der 2. Klasse hatten und von einer externen Firma eingestellt und bezahlt wurden.

TITANIC

Menschen an Bord:		2208
davon Passagiere		1317
davon Crew		891
Überlebende:		712
davon Passagiere		500
davon Crew		212

Klasse	Überlebende	Anteil an überlebenden Passagieren	Anteil an allen Überlebenden	Anteil an allen Menschen an Bord
1	201	40,2%	28,2%	14,7%
2	119	23,8%	16,7%	12,9%
3	180	36,0%	25,3%	32,1%
Crew	212	–	29,8%	40,4%

Aufriss Passagiere und Besatzung

Total Besatzung und Passagiere:	an Bord	davon gerettet	Anteil in % an allen an Bord	davon gerettet in %	Anteil in % an allen Geretteten
Männer	1661	323	75,23	19,45	45,37
Frauen	441	333	19,97	75,51	46,77
Kinder	95	47	4,30	49,47	6,60
Babys	11	9	0,50	81,82	1,26
Total	**2208**	**712**	**100,00**	**32,25**	**100,00**
Passagiere					
Männer	785	131	35,55	16,69	18,40
Frauen	418	313	18,93	74,88	43,96

TITANIC

Kinder	95	47	4,30	49,47	6,60
Babys	11	9	0,50	81,82	1,26
Total	**1309**	**500**	**59,28**	**38,20**	**70,22**
Mann-schaft					
Männer	876	192	39,67	21,92	26,97
Frauen	23	20	1,04	86,96	2,81
Total	**899**	**212**	**40,72**	**23,58**	**29,78**

Aufriss 1. - 3. Klasse

1. Klasse	an Bord	da-von geret ret-tet	Anteil in % an allen an Bord	davon geret-tet in %	Anteil in % an allen Geret-teten
Männer	176	58	7,97	32,95	8,15
Frauen	143	139	6,48	97,20	19,52
Kinder	4	3	0,18	75,00	0,42
Babys	1	1	0,05	100,00	0,14
Total	**324**	**201**	**14,67**	**62,04**	**28,23**
2. Klasse					
Männer	159	13	7,20	8,18	1,83
Frauen	96	84	4,35	87,50	11,80
Kinder	18	18	0,82	100,00	2,53
Babys	4	4	0,18	100,00	0,56
Total	**277**	**119**	**12,55**	**42,96**	**16,71**
3. Klasse					
Männer	450	60	20,38	13,33	8,43%
Frauen	179	90	8,11	50,28	12,64
Kinder	73	26	3,31	35,62	3,65
Babys	6	4	0,27	66,67	0,56
Total	**708**	**180**	**32,07**	**25,42**	**25,28**

TITANIC

Aufriss nach Geschlecht

Passagiere	Gesamt	1. Klasse	2. Klasse	3. Klasse
Männer	785	176	159	450
Frauen	418	143	96	179
Kinder	95	4	18	73
Babys	11	1	4	6
Besatzung				
Männer				876
Frauen				23

Männer	Insgesamt in % von allen Personen an Bord	Insgesamt in % Passagieren 1309 =100% Crew 899 =100%	Insgesamt in % der Klasse	Anteil an Geretteten 712 = 100% in %	Anteil an Geretteten der Klasse in %	Anteil Gerettete an Gesamt personen 2208 = 100 % in %
Insgesamt	35,55	59,97	-	18,41	-	5,94
1. Kl.	7,97	13,45	54,32	8,15	28,86	2,62
2. Kl.	7,20	12,15	57,40	1,83	10,92	0,6
3. Kl.	20,38	34,38	63,56	8,43	33,33	2,72
Crew	39,67	97,44	-	26,97	90,57	8,7
Frau-						

en						
Insge-samt	18,94	31,93	-	43,96	-	14,2
1. Kl.	6,48	10,92	44,83	19,52	69,15	6,3
2. Kl.	4,35	7,33	34,66	11,80	70,59	3,8
3. Kl.	8,11	13,67	25,28	12,64	50,00	4,1
Crew	1,04	2,56	-	2,81	9,43	1
Kin-der & Babys						
Insge-samt	4,80	8,10	-	7,87	-	2,54
1. Kl.	0,23	0,38	1,54	0,56	1,99	0,18
2. Kl.	1,00	1,68	7,94	3,09	18,49	1,00
3. Kl.	3,58	13,67	11,16	4,21	16,67	1,36

Aufriss nach Gruppen

Gruppe	von allen Geretteten (712 = 100%	gerettet von allen an Bord 2208 = 100%	aller an Bord 2208 = 100%	Geretteter von Gesamt-zahl dieser Gruppe
Männer Besat-zung	26,97	8,70	39,67	21,92
Männer 1. Klasse	8,15	2,63	7,97	32,95
Männer 2. Klasse	1,83	0,59	7,20	8,18
Männer 3. Klasse	8,43	2,72	20,38	16,69

TITANIC

Frauen Besatzung	2,81	0,91	1,04	86,96
Frauen 1. Klasse	19,52	6,30	6,48	97,20
Frauen 2. Klasse	11,80	3,80	4,35	87,50
Frauen 3. Klasse	12,64	4,08	8,11	50,28
Kinder & Babys				
Kinder 1. Klasse	0,42%	0,14%	0,18%	75,00%
Kinder 2. Klasse	2,53%	0,82%	0,82%	100,00%
Kinder 3. Klasse	6,60	2,13	3,31	49,47
Babys 1. Klasse	0,14%	0,05%	0,05%	100,00%
Babys 2. Klasse	0,56%	0,18%	0,18%	100,00%
Babys 3. Klasse	0,56%	0,41%	0,27%	66,67%

Anmerkungen des Autors:

Sie können mit mir sehr gerne in Kontakt treten, entweder per Post, E-Mail oder Telefon. Mich können Sie auch auf folgender Website: www.sandrohuebner.de finden und kontaktieren.

Desweiteren sind meine anderen Bücher, wie diese hier unten aufgeführt werden, bereits überall erhältlich – auch bei mir, mit Autogrammwunsch. Für meine E-Book Liebhaber, teile ich gerne mit, dass alle meine Bücher auch für jeden E-Book-Reader erhältlich sind.

- SAD SONG - Trauriges Lied -
- Juliette und Taddei eine Liebe forever
- Rückkehr eines träumenden Delfins
- Fesselnde Psycho-Horror-Geschichten
- Spannende Thriller-Geschichten
- Doppelt stirbt sich besser,
  mit einem grauenvollen Biss

Autor:	Sandro Hübner
Titel:	SAD SONG
	- Trauriges Lied -

Genre:	Kriminalroman
Seitenanzahl:	66
ISBN:	978-3-7407-3007-9
Verlag:	TWENTYSIX

Autor:	Sandro Hübner
Titel:	Juliette und Taddei eine
	Liebe forever

Genre:	Liebesroman
Seitenanzahl:	68
ISBN:	978-3-7407-3030-7
Verlag:	TWENTYSIX

Autor:	Sandro Hübner
Titel:	Rückkehr eines träumenden
	Delfins

Genre:	Roman
Seitenanzahl:	56
ISBN:	978-3-7407-3399-5
Verlag:	TWENTYSIX

| Autor: | Sandro Hübner |
| Titel: | Fesselnde Psycho-Horror-Geschichten |

Genre:	Horror
Seitenanzahl:	208
ISBN:	978-3-7407-4455-7
Verlag:	TWENTYSIX

| Autor: | Sandro Hübner |
| Titel: | Spannende Thriller-Geschichten |

Genre:	Thriller
Seitenanzahl:	152
ISBN:	978-3-7407-4636-0
Verlag:	TWENTYSIX

| Autor: | Sandro Hübner |
| Titel: | Doppelt stirbt sich besser, mit einem grauenvollen Biss |

Genre:	Psychohorror
Seitenanzahl:	512
ISBN:	978-3-7407-4697-1
Verlag:	TWENTYSIX